Le cœur en balade

…le sourire qui trahit

un sentiment tout doux.

Fikrs

Le cœur en balade

Récit

Édition : BoD · Books on Demand GmbH, In de Tarpen 42, 22848 Norderstedt (Allemagne)
Impression : Libri Plureos GmbH, Friedensallee 273, 22763 Hamburg (Allemagne)

ISBN : 978-2-3225-0723-8
Dépôt légal : Septembre 2024

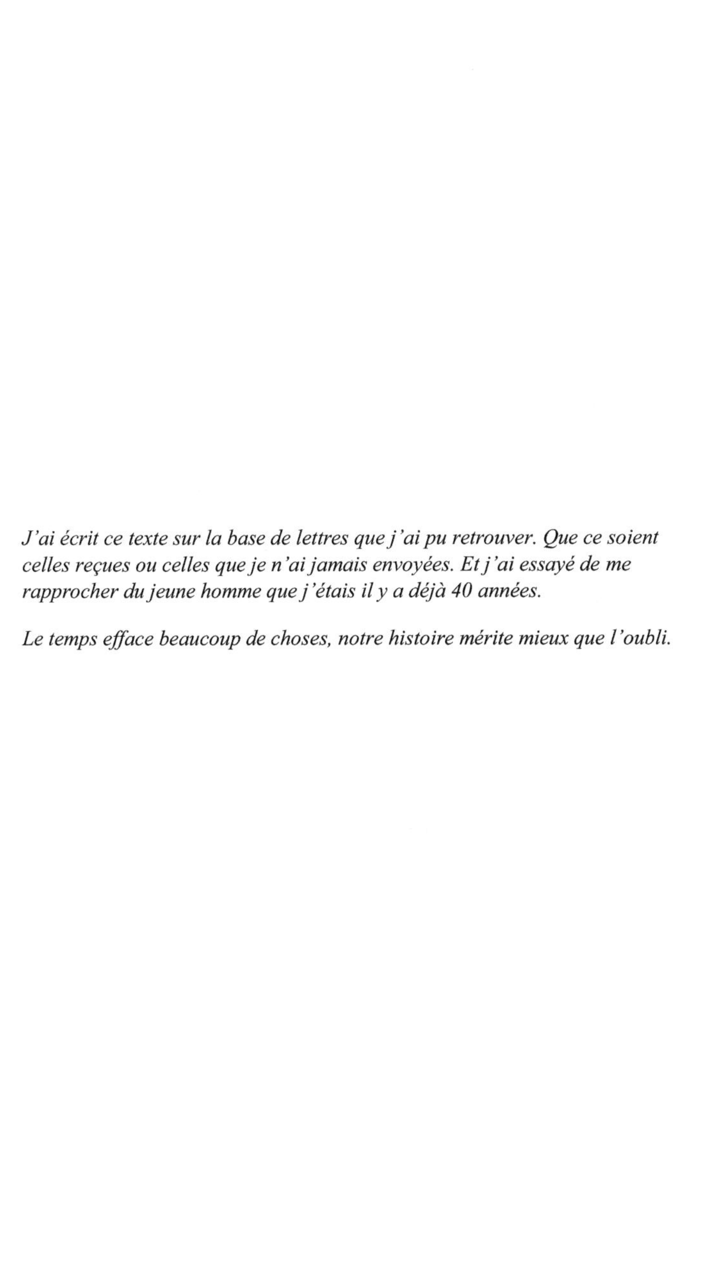

J'ai écrit ce texte sur la base de lettres que j'ai pu retrouver. Que ce soient celles reçues ou celles que je n'ai jamais envoyées. Et j'ai essayé de me rapprocher du jeune homme que j'étais il y a déjà 40 années.

Le temps efface beaucoup de choses, notre histoire mérite mieux que l'oubli.

De Patrice à Catherine

17 mai 2024

Le cimetière Saint-Roch ouvre aux visiteurs à partir de 8h, été comme hiver. Il paraît qu'on l'appelle le « petit Père-Lachaise ». L'entrée, imposante, est faite de vieilles briques rouges. Si ce n'était un cimetière, on pourrait dire que c'est un bel endroit.

Je suis arrivé un peu plus tôt. Cela fait quelques minutes que j'attends, le cœur battant comme pour un premier rendez-vous. L'ouverturc de la porte piétonne sur le côté gauche du portail est automatique à l'heure précise.

Et c'est maintenant.

Je descends de la voiture. Il fait un peu frais ce matin, malgré le soleil resplendissant de cette fin de printemps.

Personne à cette heure-ci, évidemment.

Je m'avance dans l'allée côté est, à droite du bâtiment principal. Carré 2. Quelques pas sur la gauche.

Lille – 2 avril 1983

Enfin les vacances. Ces dernières semaines ont été épuisantes, comme ces derniers mois. La vie d'étudiant à l'internat en prépa se résume à trois choses : suivre les cours de 7h40 à 18h, sauf le lundi où les cours commencent à 10h et le samedi matin où l'on planche sur un devoir surveillé, réviser le soir et enfin dormir. Le week-end sert bien souvent à préparer la semaine suivante…

Ce sont maintenant les vacances de Pâques et nous avons deux semaines pour souffler un peu. Dès cet après-midi, on se retrouve en centre-ville pour prendre un verre, partager nos vies et se donner des nouvelles de nos autres amis du lycée qui sont partis vers d'autres horizons. La bande habituelle, c'est Paul, un de mes colocataires à l'internat, Éric, Bernard ainsi que Xavier et Thierry qui nous rejoignent de temps en temps.

Nous avons fait du café « le Régent » notre QG du samedi pour être à peu près sûrs d'y trouver quelqu'un si on y passe par hasard. Une première après-midi sympa. Enfin !

En sortant, j'ai revu Isabelle, une amie du lycée que j'avais beaucoup croisée, plus ou moins par hasard, au distributeur à café l'année dernière. Nous nous étions un peu cherchés, un peu dragués, mais l'occasion d'une vraie rencontre ne s'était pas présentée. Et je devais surtout rester concentré pour bien finir mon année du bac afin d'obtenir un dossier béton pour entrer en classe préparatoire et ensuite essayer d'intégrer une école d'ingénieurs. Je ne voulais pas me lancer dans une histoire avec une fille, pas le temps pour cela.

Je ne sais pas trop pourquoi ce samedi je l'ai interpellée alors qu'elle passait à quelques mètres. C'est un heureux hasard de la revoir. Bises, quelques banalités, et on se revoit dans la semaine, mercredi prochain.

Amiens – 9 avril 1983

Il n'y avait pas de hasard, mercredi dernier, quand nous nous sommes revus, c'était notre rendez-vous raté de l'année dernière. Nous avons discuté, ri, nous nous sommes promenés, je l'ai raccompagnée chez elle. Je lui ai pris la main.

Ce n'est pas la première fois que j'embrasse une fille, mais c'est la première fois que ce premier baiser est si spontané, naturel, attendu depuis longtemps... Nous étions tous les deux surpris et heureux de cette nouvelle rencontre incroyable et hautement improbable. Je n'ai pas essayé de la séduire, je n'y ai même pas pensé. Elle n'en avait pas besoin non plus. C'était comme une évidence.

Cela n'aurait pas existé si nous ne nous étions pas croisés l'autre jour.

Amiens – 17 avril 1983.

Nous avons passé une semaine incroyable. Nul besoin de faire des choses extraordinaires. Juste être ensemble, commencer à nous raconter nos vies, notre enfance. Se serrer l'un contre l'autre et être encore ébahis et heureux de ce qui nous arrive.

Mais voilà, ces vacances sont terminées, demain je retourne à l'internat. Isabelle repart à Dijon. Nous savons que chacun doit retrouver sa vie d'étudiant sage et discipliné. Et que les quelques mois qui nous séparent de la fin de l'année scolaire ne seront pas faciles. Nous allons essayer de nous revoir la semaine de la Pentecôte, puisqu'il y a quelques jours sans cours et qu'elle reviendra à Amiens à ce moment-là. Et nous essaierons de prévoir quelque chose ensemble pour l'été prochain.

En attendant, nous avons promis de nous écrire le plus souvent possible pour garder le lien et aussi partager ce que nous n'avons pas eu le temps de nous dire. Elle est solaire, jolie, vive, intelligente, joyeuse… nous sommes sur la même longueur d'onde. Nous nous sommes trouvés.

Je suis en train de tomber amoureux. Sensation bizarre et nouvelle. Elle me manque dès que je la quitte, la seule perspective de la revoir me transporte. Je ne pense qu'à elle, elle a conquis mes jours – du moins cette semaine – et mes nuits. Je ne sais pas ce que cela donnera. Mais je voudrais que ce soit le début d'une longue histoire.

Il y a des jours...

Et d'autres.

Sans toi c'est pas drôle

Dijon – 18 avril 1983

Thierry,

Me voilà donc devant ce long bureau que j'ai quitté il y a maintenant plus de deux semaines. Je te transmets une vague description des lieux. Panorama d'une rare étendue ! Bâtiment des garçons, 60 chambres plus anonymes les unes que les autres. À l'arrière-plan, vue sur l'horizon ! À 50 m, HLM plus ou moins colorés.

Ah oui, il faut que je devance ta future découverte : je suis d'une nullité sans pareille en orthographe, aussi, désirant améliorer ce sérieux handicap, j'ai encombré mes bagages de certains livres susceptibles de m'apporter une quelconque aide (Dico, l'art de conjuguer).

Me voici donc parée pour t'écrire. Te rends-tu compte que tu es à l'origine de cette sage décision et que tu vas être l'unique témoin de mes progrès !

Reprenons, si tu le veux bien, le début de ma journée ensemble. Comment ? Tu refuses ? Tu rejettes même l'idée de te lever à 4 h du matin... soit...

J'espère que tu as un peu pensé à moi alors que tu contemplais ton café matinal ! Car j'avais déjà abattu la plus grande partie du voyage. Départ d'Amiens à 5 h, arrivée à Paris à 8 h... Et entre les deux... une horreur ! D'ailleurs, j'ai préféré me réfugier dans le sommeil plutôt que de contempler un sauvage au volant... mais ouf, je suis arrivée !

Puis départ du train, direction Dijon, à 8 h 59. Aussi ai-je trouvé l'occasion idéale pour penser aux vacances.

Je viens de te délaisser quelques minutes afin de mettre la « musique » en route. « Couture » histoire de se mettre dans l'ambiance.

Je tombe de sommeil, je me demande comment je trouve encore la force de pousser mon stylo... En fait non ! Je connais la raison de ce dernier assaut de courage.

La première chose que j'ai faite en arrivant à l'IUT, c'était de consulter notre emploi du temps. La Pentecôte se trouve à 5 colonnes du début, ce qui équivaut à 5 semaines d'attente... Je m'imaginais te revoir beaucoup plus tôt... Sorry.

Cela dit, nous n'avons plus qu'à prendre notre séparation en patience. Enfin, j'ai de la chance, car aucun DS n'est prévu pour cette semaine de Pentecôte. Je ne vois donc rien qui puisse m'empêcher de rentrer.

Smacks, Isabelle

Dijon – Mardi 19 avril 1983

« Comme un avion sans aile. »

Depuis hier, je n'ai pas changé de cassette et je n'ai pas le courage de couper ce morceau-là !

Il est 14 h 09 et je n'ai pas cours cet après-midi. Aussi, je pense que voilà l'occasion idéale pour me plonger dans mes cours d'anglais. Car malheureusement, cette science n'est pas innée chez moi et j'ai un DS jeudi matin alors qu'il me reste un nombre incroyable de cours à rattraper. Aujourd'hui, je suis dans un état assez triste. Tu peux m'imaginer camouflée sous deux gros pulls, une sorte de frisson qui me traverse et une méchante sensation de froid intérieur. Il va me falloir devancer la grippe qui me guette.

Ce matin, je suis passée au bureau de la secrétaire pour excuser mes absences involontaires et si rares. Aussi en ai-je profité pour demander un 2ᵉ emploi du temps que généreusement je t'offre faute de poster. La peinture va suivre, car elle est au programme du prochain week-end. Comme cela, tu sauras à tout moment comment j'occupe sainement mes heures ! Tout ce que j'espère, c'est qu'ils ne vont pas prendre un malin plaisir à remplir avec des TP la semaine du 20 au 25 juin, car, si pas, je pourrais éventuellement venir vous ennuyer un peu à Lille !

Des pensées qui s'échappent, des projets qui s'ébauchent et des cours d'anglais qui restent au bord du bureau. Aussi je vais me mettre sur le moment au travail (si, si). J'espère que de ton côté, tu as repris le rythme de prépa sans toutefois oublier ces 15 jours de vacances !

Bye, Isa

Dijon – Mercredi 20 avril 1983.

7h30. Juste un petit mot avant de confier cette première missive aux PTT. Je viens juste de m'évacuer du lit, « pfou » ! très peu de courage pour la journée qui s'annonce ensoleillée. J'espère aussi la joie de te lire dans très peu de temps. Peut-

être même ce midi ! Chic ! Cette prévision me donne un peu d'entrain... je t'embrasse.

Isabelle

Lille – 21 avril 1983

La routine reprend. Internat, cours, travail, sommeil. Retour à Amiens le samedi midi, passage au Régent l'après-midi, quelques moments de détente, puis révisions, ensuite un peu de repos le dimanche et train le lundi matin.

Je suis un élève assidu. J'ai envie de réussir les concours qui auront lieu dans un peu plus d'un an. Pour cela, il ne suffit pas d'être globalement bon, il faut être le meilleur. Je ne le suis pas dans toutes les matières, mais souvent des camarades à l'internat viennent me demander les solutions ou la méthodologie pour conclure tel ou tel devoir de maths ou de physique.

Mais depuis le retour des vacances, ce n'est plus tout à fait la même chose. Je rêvasse un peu en cours, repensant à notre semaine. Je respire au rythme des courriers qui m'arrivent de Dijon, et nous nous écrivons tous les jours.

Je récupère sa lettre le soir en sortant des cours et en rentrant à l'internat, et je la garde jusqu'au moment où je vais me coucher. Lecture d'abord, puis écriture de ma réponse. Je lui raconte ma petite vie d'étudiant modèle, mes espoirs pour nous, mon envie d'être avec elle, et j'essaie de lui expliquer, et de m'expliquer par la même occasion, le big bang que notre rencontre a déclenché. Je lui partage aussi mes peurs sur l'avenir, le nôtre bien sûr, et ce que notre histoire va devenir. Tout cela a été tellement évident, rapide, spontané, imprévu et naturel. Ce n'était pas un hasard, ce n'était pas une coïncidence de se revoir ainsi, c'était notre rendez-vous. Et on ne rate pas un rendez-vous !

C'est la première fois ce soir que je lui écris « je t'aime ».

C'est la première fois que je l'écris tout court.

Dijon – jeudi 21 avril 1983. 12 h 59

Je t'aime, je t'aime, je t'aime !

C'est bizarre, je ne trouve rien d'autre à dire. Peut-être n'y a-t-il que cela qui ait de l'importance. « Le feeling prime la raison. »

Quand je repense à notre semaine, je souris. Tu dois penser que cela ne m'est pas difficile puisque je passe mon temps à rire, mais il y a une grosse différence entre rire tout le temps et sourire toute seule dans sa chambre à une pensée.

Dijon – Vendredi 22 avril 1983

7h18. Comme tu ne le vois pas… je viens juste d'évacuer de la douce torpeur de mon lit. La journée s'annonce ensoleillée. Soleil dont je ne pourrais pas profiter puisque j'ai un TP toute la journée.

Hier, je suis allée me promener à Dijon et j'en ai profité pour te réserver dans un magasin une superbe affiche que j'aurai vraisemblablement dans 10 jours. On pourrait envisager un échange de photos, qu'en penses-tu ? Cela nous permettrait de combler une lacune de la mémoire, qui n'a aucun mal à fixer des événements mais refuse d'enregistrer les traits d'un visage.

Je recommence à éprouver le besoin de manger du chocolat. Je pense que « quand nous serons de nouveau ensemble », il nous faudra (à l'image de l'écureuil) faire une réserve d'affection !

Je pense avoir résolu la devinette de ta lettre : …'…

Petit sujet « je » le verbe « aime » le petit truc entre deux : « t' ». xx

Dijon – Mardi 26 avril 1983

Thierry, je suis heureuse, tellement heureuse. La douceur d'un sentiment, même par l'écriture, atteint l'autre. Je t'aime. Et je ne crains pas de l'écrire. Je n'ai aucune raison de ne pas l'écrire puisque je le sens vraiment.

Ces mots me viennent après la lecture de tes deux lettres. En effet ce midi « oh joie » de les découvrir sur mon bureau alors que j'étais bien vite rentrée à la cité U (sans manger) suivant mon intuition féminine ! Elle fut dépassée par les faits ! Je n'ai pas trouvé une lettre mais deux...

Il y a parfois certaines choses que je gribouille négligemment et que je ne t'envoie pas, me disant que tu risques de mal les interpréter, puisque tu les lirais dans un contexte très différent de celui qui en a inspiré les mots. Je me rends compte que j'ai eu tort. À partir de maintenant, tout ce que j'écrirai en pensant à nous, tu le liras, même si deux jours après, je trouve ces phrases absurdes ! Et je vais même commencer maintenant.

Hier soir, j'ai regardé un film réaliste qui traitait des sentiments de chacun se trouvant en cours de séparation. Ce genre de sujet me fait dresser les cheveux sur la tête. Dans ce film, ils étudiaient les réactions des enfants et aussi de l'amour toujours présent entre les parents.

Car je pense aussi que lorsqu'on aime totalement une personne, quoi qu'il puisse arriver, cet amour-là sera toujours présent, même retranché au fond du cœur !

Après ce film, j'ai écouté France Gall et j'ai écrit ces quelques mots :

« Il y a deux manières de vivre un amour :

- *Celle où à chaque instant, on doute de l'existence de celui-ci, où l'on se joue une comédie, mais... Comme toute représentation, il arrive un moment où le rideau se baisse.*

- *Heureusement, il y a la deuxième, la véritable, où l'on suit totalement les impulsions du cœur, où l'on se trouve porté par un tapis volant. Un nuage. Tout évolue tout seul, semant la joie, le bonheur, la gaieté et même la vie. Quand je croise un couple dans la rue, un couple dont émane de la joie (ils sont rares), je pense à nous. »*

We are young actors of a funny story. Story we can write. Open the door, you will be my friend Thierry. So, I can bring you something to write a world.

Comment cela ! En ce moment, on ne peut rien faire « pour vivre » ! Tu sais ce que tu ne veux pas devenir, mais as-tu défini ce que tu voulais devenir ? Y penser est déjà très constructif !

Tu sais, cette séparation forcée, ce n'est peut-être pas un mal. On communique beaucoup plus dans une lettre que pendant une soirée entre amis. Pendant le temps où nous avons été ensemble, nous avons échangé de l'affection plutôt que de communiquer. En fait, nous avons peut-être été un peu dépassés par les événements (ce genre d'événements, je les laisse volontiers me dépasser).

Le « je t'aime » que je t'ai murmuré un après-midi de vacances, c'était comme « bonjour, bienvenue dans mon cœur ; je suis heureuse ; je suis bien ; j'aime ton sourire ».

PS : Je suis un Lion, donc par esprit de contradiction et de défiance, je ne me plie jamais aux obligations :

- *Messes le dimanche ; je n'y vais que quand j'en ai envie.*
- *Repas à telle heure, non, non. Et d'autres détails.*

Pas de chaînes, pas de contraintes.

Let's baby be cool. Isa

Mais, si tu m'apprivoises,

nous aurons besoin l'un de l'autre.

Tu seras pour moi unique au monde.

Je serai pour toi unique au monde...

Lille – Mai 1983

Isabelle est une fille solaire et impatiente. Je me demande toujours comment nous réussissons à être si proches malgré la distance qui nous sépare : 556 km pour être précis. Nous nous téléphonons souvent le samedi après-midi ou le dimanche, en fixant à l'avance le rendez-vous pour qu'elle puisse prendre d'assaut la cabine téléphonique en bas de sa résidence universitaire pendant que je me réfugie dans le salon chez mes parents pour essayer d'être un peu tranquille.

Ce n'est pas facile, mais nous sommes tellement pleins d'espoir. Nous avons toute une histoire à inventer ensemble.

Nous essayons d'abord de prévoir quelque chose pour l'été prochain. De son côté, elle doit travailler un mois et aussi négocier avec sa maman pour avoir l'autre mois de vacances loin d'elle et près de moi.

De mon côté, je devrais normalement partir avec mes parents comme tous les étés, et en évoquant le sujet avec eux, je sens que ma volonté de rester à la maison pendant le mois de juillet ou de partir seul ne soulève pas l'enthousiasme.

Mes parents ont perçu l'arrivée d'Isabelle, une jeune fille décontractée, spontanée et très (trop pour eux) proche de moi, comme une menace. Elle ne correspond sans doute pas au modèle de la jeune fille « bien » pour eux. Je pense également qu'ils craignent surtout que cela me détourne de mon travail scolaire. Dans leur esprit, on « fréquente », on se fiance et on se marie. Point. Et je n'ai pas l'âge pour cela à leurs yeux.

Pour l'instant, j'évite le sujet dans mes courriers avec Isabelle, mais je sens que la relation avec mes parents ne va pas être simple. Pour moi, comme pour elle.

Dijon – Samedi 30 avril 1983.

Ah, je ne t'ai jamais parlé de ce livre que je redécouvre à chaque fois que j'en reprends la lecture, je parle du Petit Prince. Maintenant je n'ai pas le temps mais je t'en écrirai d'autres passages...

Je t'aime

Dijon – Lundi 2 mai 1983

0h 05 (minuit et toujours lundi 2 mai)
Je n'arrive pas à m'endormir. Je suis perdue au milieu de la volupté de ma couette, j'écoute Thiéfaine.
Je te dirais bien...
« On s'on va mon Amour. »
Quand en cours je suis penchée avec acharnement sur mes notes il m'arrive souvent de tous les planter là avec leurs salades et je me dis dans ma tête quelque chose de nettement « plus mieux » du genre : « C'est merveilleux, je l'aime » ...je vais bientôt m'endormir (il faut rester raisonnable, mais ce n'est pas désintéressé) : suivons mon raisonnement « Quand je dors, ma tête fait ce qu'elle veut, et c'est toi qu'elle veut » aussi je vais bien vite m'endormir !

Lille – Mardi 10 mai 1983

Mais que les journées sont longues. J'ai l'impression que le temps s'étire indéfiniment et déjà trois semaines que nous sommes comme deux hamsters à tourner chacun dans sa cage. Encore dix jours avant de nous revoir. Ces vingt derniers jours ont pesé le poids d'une année.

Je suis à la fois pressé et inquiet de la revoir. Nous nous sommes écrit presque tous les jours, nous nous sommes confiés l'un à l'autre sur nos vies et nos émotions passées et actuelles, sur ce que nous voulions essayer ensemble. Nous avons tenté de comprendre pourquoi et comment nous avions pu ainsi nous trouver. Maintenant, comment va-t-on se retrouver ? Comment vais-je lui dire que je l'aime mieux ou autrement que dans mes lettres ?

Je la sens si impatiente et si amoureuse. Je n'ai pas l'habitude d'être aussi attendu. Suis-je prêt ? Vais-je être à la hauteur ? Mais j'ai tellement envie de la revoir, de passer du temps avec elle, de rire ensemble, de la retrouver, de la serrer dans mes bras. C'est de nouveau un tsunami d'émotions qui approche.

Cette fameuse semaine de la Pentecôte, pendant laquelle les cours sont partiellement suspendus, elle sera à Amiens toute la semaine. J'y serai également, mais j'aurai les épreuves du concours de l'école des Mines de Douai à passer durant les deux derniers jours de la semaine. Isabelle a prévu de passer son permis moto le mardi ou mercredi. Elle l'a déjà tenté il y a quelques mois, mais sans succès. J'espère qu'elle réussira cette fois-ci.

Ce sera alors ma ravissante amoureuse à moto. J'adore la voir en petit blouson, avec ses Chelsea et son jean un peu usé. Une coupe de cheveux à la garçonne avec une frange, des yeux gris-vert pétillants et de si jolies fossettes, celle de la joue droite étant légèrement plus marquée. C'est une très jolie fille, naturelle et décontractée, et j'ai tellement hâte de la serrer dans mes bras.

Nos derniers courriers marquent tout de même de l'impatience et une forme d'agacement de se savoir si obligés par les contraintes de nos études, de nos parents, de la distance et des difficultés à prévoir un été à deux. J'espère que tout cela va s'effacer lorsque nous nous retrouverons « en vrai ». Je suis sûr que nous allons finir par trouver un moyen de passer au-delà de tous ces empêchements.

Dijon – Samedi 14 mai 1983

Mon Amour,

« Mon »... possessif ? Peut-être.

Mais de qui donc es-tu l'Amour, sinon de moi ? À moins toutefois que tu me le caches ! « Non ! » Alors donc, je persiste. Mon Amour.

Je viens de relire tes bafouilles, et si je m'écoutais je les relirais encore et encore. Il y règne une atmosphère chaude et pleine de tendresse. Tout ce que j'attends, je le trouve dans une enveloppe ! Tout ce que j'attends, non, disons pour en ce moment à 400 km de toi. .../... Je suppose que le fait de ne faire que t'entrevoir la semaine prochaine ça va me mettre dans une rogne noire intérieure (si, si). Mais la vie a ses impératifs (plutôt con tu ne trouves pas ?). Pourtant l'Amour n'est-il pas l'impératif des impératifs ??

Je ne dirais pas que le premier Amour est l'unique, mais il a toutes les chances de le devenir. Car on le vit comme un sentiment nouveau, on le vit entièrement, sans limites, sans raison, et c'est pour cela qu'il marque au fer rouge un cœur neuf. Il marque comme une première communion, où l'on s'avance le cœur pur et léger pour l'offrir à Dieu. Enfin, c'est quelque chose d'aussi fort.

Si je ne compare pas le premier Amour à la communion solennelle, c'est que je le réserve pour un vœu de Bonheur pour un engagement commun après avoir grandi et vu grandir l'Amour au creux de soi, après avoir vécu un peu ensemble. Alors seulement on peut s'avancer seule (ou plutôt au bras de son P 'Pa) et dire « oui » c'est avec lui que je veux vivre...

Voilà que moi aussi je me mets à sortir des conneries, je délire ? ... C'est que le retour approche, tu comprends ?

Enfin moi, au Mariage j'y crois. Même si beaucoup de gens sont contre maintenant. J'ai connu des gens tellement heureux dans leur couple qu'il est difficile de ne pas y croire, même si j'ai vécu l'échec de mes parents.

Et voilà que je continue sur ma lancée, je vais te faire un aveu : je t'aime.

Isabelle

Lille – Mercredi 18 mai 1983

Lorsque je regarde les dates et heures de ses lettres, je m'aperçois que nous écrivons, elle à Dijon, moi à Lille, à peu près à la même heure le soir. Et nos lettres sont parfois très longues et un peu décousues. On se dit ce qu'on a sur le cœur à l'instant et on partage tout.

Elle et moi, nous ne sommes pas des « littéraires ». Je suis certain que nos lettres ne sont pas des exemples de dissertation ! Mais peu importe, il faut qu'elles restent spontanées avec nos mots, notre écriture – y compris les fautes d'orthographe !

Sa dernière lettre m'aide à comprendre un peu ce qu'elle ressent et ce que je vis. Nous révélons beaucoup de nous-mêmes au travers nos mots, et j'espère lui donner de moi autant qu'elle me donne d'elle. C'est donc cela. Isabelle est mon vrai premier amour. Elle le restera à jamais… À jamais… quoi qu'il advienne !

Elle a joint dans l'enveloppe une copie d'un feuillet qu'elle avait reçu lors d'une cérémonie de mariage d'une de ses cousines, je crois :

Lecture de la première lettre de saint Paul apôtre aux Corinthiens

Frères,

Parmi les dons de Dieu vous cherchez à obtenir ce qu'il y a de meilleur.

Eh bien, je vais vous indiquer une voie supérieure à toutes les autres.

J'aurais beau parler toutes les langues de la terre et du ciel, si je n'ai pas la charité, s'il me manque l'Amour, je ne suis qu'un cuivre qui résonne, une cymbale retentissante.

J'aurais beau être prophète, avoir toute la science des mystères et toute la connaissance de Dieu, et toute la foi jusqu'à transporter les montagnes, s'il me manque l'Amour, je ne suis rien.

J'aurais beau me faire brûler vif, s'il me manque l'Amour, cela ne me sert à rien.

L'Amour prend patience,

L'Amour rend service,

L'Amour ne jalouse pas,

Il ne se vante pas, ne se gonfle pas d'orgueil,

Il ne fait rien de malhonnête,

Il ne cherche pas son intérêt,

Il ne s'emporte pas,

Il n'entretient pas de rancune,

Il ne se réjouit pas de ce qui est mal, mais il trouve sa joie dans ce qui est vrai ;

Il supporte tout, il fait confiance en tout,

Il espère tout, il endure tout.

L'Amour ne passera jamais.

Je découvre ainsi qu'elle croit en Dieu, au mariage, à l'engagement... Moi aussi, je crois un peu naïvement peut-être en Dieu ou au moins en quelque chose qui nous permet de transcender notre condition. Sinon à quoi bon s'agiter ici-bas. Et la force du destin qui m'a permis de revoir Isabelle, il faut bien que cela ait un sens aussi. Ce ne peut être juste le hasard. En ce qui concerne l'engagement, je ne dis que ce que je ressens profondément, mais est-ce suffisant pour toujours ? Lorsque je lui dis « je t'aime », c'est un « je t'aime » définitif. Quoi qu'il advienne.

Je lui ai écrit tout cela hier soir.

Elle aura cette lettre juste avant de revenir samedi pour enfin se revoir ! C'est dans quelques jours maintenant, enfin.

Amiens – Vendredi 27 mai 1983

Cette semaine tant attendue est derrière nous. Je ne vais pas décrire les moments passés ensemble. Il n'y a pas besoin. Ces instants sont gravés dans ma mémoire et au plus profond de mon cœur pour toujours. Nous avons pu passer la semaine ensemble quasiment tous les jours. Bien sûr, j'aurais adoré que nous ayons notre « chez-nous » pour être tout à fait tranquilles et ne pas faire ces allers-retours incessants entre Amiens et la maison des parents, qui nous font perdre un temps précieux.

D'ailleurs, elle ne vient quasiment pas à la maison. Mes parents ne voient décidément pas tout cela d'un très bon œil et toute conversation que je tente sur le sujet des vacances et d'une organisation un peu adaptée qui me permettrait de voir Isabelle est vite terminée.

Nous avons passé une semaine en nous débrouillant pour être à deux le plus souvent possible. C'est l'essentiel pour l'instant. Pour une fois, j'ai laissé tomber les révisions, les devoirs à faire… et j'ai donné la priorité à Ma priorité.

Isabelle a réussi son permis moto, c'est aussi un peu plus facile d'avaler les quelques kilomètres qui nous séparent. Elle est ravissante, ma petite motarde.

Elle m'avait envoyé dans une de ses lettres un passage du « Petit Prince » de Saint-Exupéry. Livre que je ne connaissais pas. Mais je trouve dans cet extrait une belle image de ce que nous vivons :

« Apprivoise-moi !

— Que faut-il faire ? dit le petit prince.

— Il faut être très patient, répondit le renard. Tu t'assoiras d'abord un peu loin de moi, comme ça, dans l'herbe. Je te regarderai du coin de l'œil et tu ne diras rien. Le langage est source de malentendus. »

Peut-être nous sommes-nous apprivoisés un peu plus pendant ces quelques jours ensemble ?

Pour ma part, je pense l'être complétement, apprivoisé…

Amiens – Vendredi 27 mai 1983

21h05 Thierry, je viens juste de remonter dans ma chambre.

Je ressens une sorte de vide intérieur. Comme si j'encaissais mal un coup du sort ! Mon lit... je l'ai retrouvé comme nous l'avions laissé. Tu es encore un peu là. Je le regarde, je t'attends, tu es parti retourner le disque. Bientôt de nouveau la chaleur partagée, la douceur qui endort.

Je t'aime.

Et je suis mal ce soir, parce que je sens si proche le départ, car je vais encore retourner là-bas où tu n'es pas. Je suis si bien près de toi, dans tes bras. Cet après-midi, c'était comme un rêve ! Rêve qui va se poursuivre durant trois semaines.

Comme le cafard a vite fait de m'envahir ! Que vais-je faire sans ton sourire. Ta manière cool et désinvolte de marcher dans la rue, ta main croisée avec la mienne, ton cheveu sur mon pull. Un poil de mon pull sur ta joue ! Et tes yeux si doux de tendresse. Tu vas me manquer.

Quand je suis partie la première fois c'était bien différent. Il y a maintenant entre nous quelque chose de plus (je pense), de la tendresse, de l'Amour (je pense aussi). Décidément je pense beaucoup. J'ai rangé la moto au garage je n'ai pas envie de rouler, ou plutôt j'ai envie d'être seule, seule dans ma peine... Comme je le serai dans peu de temps quant au hasard d'un cours ennuyeux je retrouverai ces pensées.

Et pour ce genre de souvenir j'ai la mémoire particulièrement aiguë.

Quand je suis partie de Dijon, c'était la limite, il me fallait te revoir. Chaque jour loin de toi pesait davantage que le précédent. Philippe et Thierry ont fait ce qu'ils ont pu pour m'aider à ne pas me laisser envahir par ce sentiment d'accablement. Ils ont été soulagés de me confier au train. J'avais le sourire. Ils vont voir revenir dimanche soir à minuit une Isa, la mine décomposée par 5h d'arrachement, je vais recommencer à colorier mon emploi du temps. Chaque trait de couleur me rapproche de toi. Je prends un réel plaisir à gribouiller de bout de papier informe.

C'est décidé je vais lire « Les Fleurs du Mal », Bruna m'a promis de me le prêter.

C'est affreux, tout ce que je radote. Je devrais être heureuse, j'ai passé une semaine démoniaque, des moments démoniaques mais justement je dois utiliser un temps du passé. Sur mon bureau mon vieux dessin du petit prince. Il a certainement quelque chose à me dire pour me réconforter.

« Mais tu ne dois pas l'oublier, tu deviens responsable de ce que tu as apprivoisé tu es responsable de rose ».

Es-tu responsable ? Je ne veux pas que tu te sentes responsable... Et pourtant je sais que si tu partais :
« Au moment du départ je pleurerais »...
C'est pour cela que j'ai toujours pensé que l'on était esclave de ses sentiments qui parfois peuvent nous jouer de sales tours. Oh que c'est triste ce que j'écris une véritable horreur.

Je t'aime... Et c'est pour cela que je dis ce soir des bêtises. Les « je t'aime » que tu m'as dit ne ressemblaient pas à ceux d'une chanson, ils ne venaient pas de ta bouche mais d'ailleurs, c'est comme ça que je les ai ressentis... alors doucement je te le murmure à l'oreille...

Lille – Mardi 31 mai 1983

Plus que trois semaines avant la fin de l'année et enfin une vraie occasion de vivre notre histoire. Isabelle a peut-être trouvé une solution pour être à proximité de Vence, là où je n'ai pas d'autre choix que de suivre mes parents. Elle serait à Nice pendant le mois de juillet, pour travailler chez un oncle qui tient un hôtel. Elle devrait en plus faire la route à moto entre Amiens et Nice !!

Je m'en veux de n'avoir pas su faire plier mes parents pour trouver une solution plus simple. Finalement, elle doit faire tous les efforts et encore, il reste des incertitudes concernant son logement. Elle négocie beaucoup avec sa maman pour faire passer tout cela.

J'ai dû croiser une fois ou deux sa mère et ses deux sœurs. Je ne pense pas avoir une grosse cote chez elles. Un garçon sorti de nulle part qui prend autant de place chez Isabelle et qui reste insaisissable ! De plus, je suis assez réticent à essayer de me rapprocher de sa famille. Vu les réactions de mes parents, je ne sais pas si faire entrer les parents, la famille dans notre histoire est une bonne chose.

Cette nouvelle séparation est plus difficile. Je ne sais pas si je suis à la hauteur de ce qu'elle attend de moi. J'ai le sentiment que l'on se bat contre la terre entière et que rien de ce que l'on prévoit ne se déroule comme il le faudrait. Le boulot en prépa, mes parents, nos projets pour cet été… rien n'est facile…

Je ne peux même pas apprendre à connaître son univers. Les week-ends sont trop brefs pour faire un aller-retour à Dijon. Elle me décrit sa vie d'étudiante au téléphone, de mon côté je n'ai pas grand-chose de palpitant à raconter. Chaque semaine à l'internat est l'exacte reproduction de celle d'avant. Aucune sortie, aucune détente, aucune vie étudiante.

Dijon –Jeudi 9 juin 1983

Bon anniversaire

Comment ? Quoi ? Tu te demandes à qui je souhaite un bon anniversaire ?

Eh bien c'est à un garçon et une fille enfin c'était à un garçon et une fille d'avant le 9 avril, mais maintenant c'est à l'oxygène et l'azote de l'air, l'un existe seul, l'autre survit. Seul aussi, mais si on les mélange intimement on a l'air. L'air indispensable à la vie, comme l'Amour ...

J'ai envie de faire des trucs super avec toi. Mais, mais, ça paraît à des millions de km. On n'est pas près de pouvoir faire ce que l'on veut.

... /...

Dijon – Vendredi 10 juin 1983

C'est bizarre je ressens aussi très mal notre séparation, j'ai l'impression d'avoir lâchement baissé les bras, j'ai plein de closes à te dire et je n'en trouve pas la force et pourtant des choses qui nous concernent tous les deux mais avant il faut que je te dise que je t'aime. Je le ressens comme quelque chose qui me dépasse et j'ai l'impression d'être en totale déroute intérieurement. Merde, il faut que je réagisse !

Bon je vais te parler de quelque chose qui m'a fait beaucoup cogiter depuis quelques jours. Cela a commencé depuis que mon tonton de Nice a confirmé qu'il veut bien que je travaille un mois à son hôtel... Tu imagines le bond dans la tête que j'ai fait.

Et puis j'ai cogité encore et encore. Parlementé avec Maman du départ éventuel, elle était réticente au départ mais depuis que j'ai perdu l'éventuelle place en pharmacie elle comprend facilement que je préfère être là-bas, si près de toi... Aussi j'ai téléphoné à mon tonton afin de lui expliquer les divers problèmes :

- Je ne peux pas camper à Vence car c'est trop loin et surtout trop lourd financièrement (il va falloir jouer serré).

- Trajet à moto. Lui (c'est un motard) me dit que c'est « sans problème », de plus à Nice ma moto pourra coucher dans son garage.

- Où dormir ? Pour cette question il appelle ma maman ce soir je serai donc fixée demain samedi.

Donc ce que je pense : si ces trois problèmes majeurs sont résolus je ne vois plus que des avantages !

Mais avant toute décision je voudrais ton avis, c'est de nous deux dont il s'agit (plus ou moins directement).

Je me pose certaines questions du genre :

- Va-t-on pouvoir se voir ?

- Pourras-tu venir à Nice quelquefois ?

- Que vont penser le papa et la maman de Thierry ?

- Ne serait-ce pas plus simple de ne se voir qu'en août (mais dans ce cas on se plie de nouveau).

- Nous deux, va-t-on en tirer un quelconque bénéfice ?

Enfin, tu vas avoir le trajet Lille-Amiens pour y penser à tête reposée. Samedi au téléphone nous allons avoir un sujet de conversation hautement sérieux et je ne te dis rien sur ma semaine je te raconterai cela au téléphone.

Tu sais il ne faut pas te sentir coupable de n'avoir pas eu envie d'écrire... c'est normal on vient de croiser un petit passage à vide. Tu sais quand on va se revoir... Non, en fait il ne faut pas imaginer. Laissons faire librement. Oui ce sera différent parce que l'on se rapproche sans cesse même si les apparences peuvent nous laisser croire le contraire...

Tu es « mon » Thierry si tu le veux toujours et je suis « ton » Isabelle. La moindre chose qui se rapporte de près ou de loin à toi me plonge dans l'angoisse parce que je ne sens pas ce « mon » près de moi.

C'est tout simplement une révolte passive puisque personne n'est responsable, mais je sais que si vraiment il y a quelque chose entre Isabelle et Thierry, ils gagneront. Nous gagnerons. Nous serons ensemble !

Je t'aime.

J'ai vu à la foire des superbes pianos. J'ai regardé des gens jouer. Ils étaient comme accrochés au clavier alors que toi, tes doigts l'effleuraient comme une caresse. N'abandonne pas le piano. Jamais. J'aime t'entendre jouer. J'aime te regarder jouer.

Lille – Mardi 14 juin 1983 – 7h 50

C'est parti pour les quatre derniers jours ! Ce soir, dernier soir de travail. Tiens, le mardi 21 prochain c'est la fête de la musique. Cela va être sympa, normalement Isabelle sera à Lille et on pourra y aller ensemble. Enfin un moment où l'on va pouvoir faire quelque chose tous les deux avec un peu de liberté.

Objectif de cette semaine : arriver le plus rapidement possible à samedi et bien sûr à dimanche ! On va enfin pouvoir se retrouver. 13h40. Finalement, j'ai séché le cours d'allemand, il y avait interro. Je n'avais pas révisé, aucune envie d'y aller… Ça me laisse le temps de lui écrire combien j'attends nos prochains jours ensemble. Si je peux je poste cela ce soir.

Lille – Mercredi 15 juin. 7h30

Génial ! Plus que trois petits jours !

Depuis qu'on attendait la fin de l'année scolaire !! Ce matin, on va se taper quatre heures de maths. Elle sera en devoir surveillé je crois. Trois jours à être séparés encore, trois jours bien longs mais ça reste très raisonnable en regard des trois dernières semaines. J'ai tellement envie d'être près d'elle, de lui murmurer je t'aime... de l'embrasser... enfin !

Amiens – Samedi 18 juin 1983

Normalement, elle devait pouvoir rentrer ce samedi. Mais elle m'a appelé hier et son retour est retardé. TP imprévu de je ne sais plus quoi qui l'oblige à rester à Dijon...

Quelques jours de plus à patienter... allez, on va s'en remettre. Au téléphone, elle n'avait tout de même pas l'air d'être très en forme. Le coup de fil n'a pas duré très longtemps. Je crains que ce soit un peu plus compliqué que ce qu'elle a bien voulu me dire.

Je ne sais pas si tu l'as ressenti mais en ce moment c'est la déroute totale, j'espère que tu vas m'excuser de t'écrire aussi mal, mais je suis à la poste car je n'ai même plus un Bic pour écrire. Mes affaires personnelles sont limitées à ce que je porte plus une calculatrice et mes papiers. Autant dire que je campe littéralement.

Je ne sais pas quoi te dire excepté que je redoute le retour à Amiens, je le repousse et je vais sans doute le retarder encore.

Bon, je viens de me faire jeter de la poste. Je n'ai trouvé qu'un Bic rouge pour continuer ces quelques mots je t'embrasse Isabelle

Lille – Jeudi 23 juin

Je ne sais pas quoi penser du courrier reçu ce matin. Je suis encore bloqué à Lille et je n'ai même pas le numéro de téléphone de sa mère pour appeler. Je crains également sa réaction si l'organisation prévue pour juillet ne fonctionne pas. Elle se débrouille comme elle peut et j'ai l'impression de ne pas faire grand-chose pour l'aider.

Samedi, l'année est scolaire est terminée. J'espère que l'on va pouvoir se retrouver pendant ces deux mois de pause. Je ne sais pas trop quand elle va rentrer finalement. Si elle ne m'appelle pas, j'irai chez elle pour avoir un peu plus de nouvelles, j'espère qu'il ne se passe rien de grave concernant ses résultats en fin de première année de DUT études ou au niveau de sa famille.

Amiens – Dimanche 26 juin

Toujours pas d'Isabelle en vue. Toujours pas de nouvelles. Je suis passé chez elle hier. Elle n'était pas rentrée. J'ai juste entrevu sa sœur, mais je n'ai pas eu plus de nouvelles. Elle n'avait pas l'air d'en avoir non plus. J'ai senti aussi que je n'étais pas très bienvenu.

Mardi 28 juin

Isabelle m'a enfin appelé ce matin et nous nous sommes vus cet après-midi. Elle est arrivée à moto, nous nous sommes retrouvés à Amiens dans un de nos cafés habituels. Je l'embrasse et de suite elle m'annonce qu'elle a une mauvaise nouvelle. On sort de ce petit café et elle me dit que le projet de descendre à Nice dans deux semaines ne pourra pas se faire et donc qu'elle ne viendra pas. Ni en juillet, ni en août non plus d'ailleurs. Elle me dit aussi que c'est trop compliqué notre affaire, qu'on n'y arrivera pas et qu'il vaut peut-être mieux s'arrêter là… !

J'ai été sonné... Je n'ai pas trop réagi. Je n'ai rien dit de l'après-midi, y avait-il quelque chose à dire d'ailleurs. Je ne sais plus à quoi je pensais, j'encaissais le coup. Je la sentais un peu absente aussi. Comme si, pour elle, notre « love story » n'avait aucune raison de se poursuivre.

Je n'ai pas compris ce qui s'est passé entre nos lettres d'il y a à peine 15 jours et maintenant. Elle ne m'a pas clairement dit si elle avait rencontré quelqu'un, je ne lui ai pas demandé non plus. J'imagine que si c'était cela, elle m'en aurait parlé avant. Elle ne m'a pas dit non plus qu'elle ne m'aimait pas ou plus. C'est juste quoi alors ?

Dimanche 3 juillet 1983

J'ai eu un coup de fil d'Isabelle. Elle va être animatrice dans un centre aéré ce mois de juillet. Je n'ai rien demandé de plus.

Elle m'a dit qu'il vaudrait peut-être mieux que l'on oublie notre histoire car on n'arrive pas à construire quelque chose vu les circonstances… J'ai juste essayé de lui dire que tout ce que je lui ai écrit, ce n'était pas du vent, ça ne valait pas rien et qu'on allait y arriver si on avait tous les deux envies.

Je ne comprends plus. Comment faire, est-ce que je reste là sans bouger ? A-t-elle rencontré quelqu'un là-bas à Dijon ?

C'est possible aussi, elle est tellement mignonne et sympa, elle ne doit pas manquer de prétendants potentiels. Elle a là-bas une vraie vie d'étudiante avec un emploi du temps qui lui laisse des moments de détente et de rencontre, des week-ends de liberté. Loin de mon univers de routine entre l'internat et chez mes parents.

Que puis-je lui apporter de mon côté en ce moment ? Coincé comme un poisson dans un tout petit bocal ! Est-ce que je dois tout planter pour la suivre ? S'est-elle lassée de notre histoire ? Pourtant c'est elle qui m'a écrit : « On est responsable de ce que l'on apprivoise. »

Après-demain, nous partons dans le sud de la France avec mes parents.

Dimanche 10 juillet 1983

Évidemment, plus de courrier, plus de nouvelles.

Je ne sais même pas exactement où elle se trouve.

J'essaie d'oublier ?

Ça me semble irréel. Je ne veux pas oublier, je ne peux pas oublier. Je ne comprends pas ce qui se passe.

Amiens le 21 juillet 1983

Thierry, le 14 dans les Ardennes (pour camper 4 jours) Isabelle s'est emplafonnée avec son copain (sa sœur et l'autre copain rien !) à moto. Rate enlevée, fractures diverses, traumatisme crânien, œdème : en service de réanimation sous tente depuis ce jour à Charleville-Mézières. Sa mère m'a téléphoné pour me prévenir, j'ai moi-même téléphoné là-bas : impossibilité de la voir.

Mais aujourd'hui ça va mieux car elle doit être ramenée au C.H.R. à Lille samedi 23. Œdème résorbé (presque), opérations chirurgicales finies, traumatisme passé, il ne reste que les fractures à réduire. J'irai la voir dès que son état le permettra. Si tu veux lui transmettre quelque chose ou autre, écris-moi ou téléphone (ma mère fera la commission) si tu ne désires pas passer par sa famille.

Enfin, maintenant elle est hors de danger, le plus gros est passé mais les vacances sont bel et bien finies pour elle et il lui faut seulement se remettre.

À bientôt, salut, ne t'inquiète pas, c'est fini.

Paul

23 juillet 1983

Et moi je suis à l'autre bout de la France.

J'ai demandé à mes parents de pouvoir repartir à Amiens la voir au plus vite. Je pourrai dormir chez Paul, ou Éric. Ils ne veulent rien entendre.

Je n'ai pas d'argent pour me payer le billet de train, pas de moyen de locomotion pour aller à la gare de Nice.

Je suis coincé ici.

Fin juillet 1983

Paul me donne des nouvelles au téléphone. Son état s'améliore rapidement. Elle va sortir de l'hôpital d'ici deux semaines et partir se reposer je ne sais où.

Je m'en veux de ne pas avoir planté mes parents là, de ne pas prendre mon courage à deux mains, demander à Paul ou Éric de m'envoyer de l'argent pour prendre ce foutu train qui me rapprocherait d'elle.

En même temps, elle avait effacé notre histoire en 10 jours. Sans explications, sans donner une dernière chance.

Je ne sais pas si je suis le bienvenu. Je ne sais pas si elle n'a pas déjà rencontré quelqu'un... si c'était avec lui qu'elle partait camper quelques jours ?

Je suis perdu…

Août 1983

Paul et Éric m'ont rejoint dans le sud, comme cela était prévu, mais Isabelle n'est pas là bien sûr.

Heureusement, elle s'en est bien sortie. Et elle se refait une santé je ne sais depuis où depuis sa sortie de l'hôpital.

J'espère qu'elle est bien entourée, peut-être que je suis en train de passer à côté d'une occasion de la reconquérir, mais je ne veux pas m'imposer. Le plus important c'est qu'elle puisse se remettre de son accident, c'est la seule priorité. Le plus important c'est elle, le reste peut attendre.

Je ne sais pas si je me suis trompé d'histoire, je ne sais pas si elle s'est trompée d'histoire aussi.

Je garde néanmoins confiance, je ne peux pas imaginer que tout cela ait été du vent. Quoi qu'il en soit de toute manière c'est son choix. Je peux comprendre son impatience de la fin juin, pour ma part je ne vais pas décider de bousculer les choses lors de son mois de convalescence. Nous verrons si nous sommes capables de nous retrouver.

L'essentiel est invisible pour les yeux,
répéta le petit prince, afin de se souvenir.
C'est le temps que tu as perdu pour ta rose
qui fait ta rose si importante.

4 septembre 1983

Je n'ai pas eu de nouvelles d'Isa depuis mi Août. Et voilà, une nouvelle année scolaire débute.

Nous sommes arrivés à l'internat ce dimanche pour emménager. Emménager est un bien grand mot pour choisir une chambre, se retrouver avec ses colocataires, remplir l'unique armoire, ranger les cours dans le petit bureau et faire son lit ! Le self de la cantine est spécialement ouvert ce dimanche pour les nouveaux arrivants et les revenants comme notre chambrée. Au menu, c'est frites... toujours ça de gagné !

Bref, c'est reparti. J'ai croisé Isabelle il y a quelques jours. De loin. Je ne sais même pas si elle m'a vu. Pour elle, notre histoire semble s'écrire au passé. J'ai écrit pour la première fois « je t'aime » à une fille, c'est elle. J'ai agi, ou plutôt je n'ai pas fait ce qu'il aurait fallu pour la retenir. Je suis totalement perdu. Je ne sais pas comment me débrouiller avec tout cela.

Je sais juste que le rythme va reprendre et que je vais pouvoir de nouveau m'étourdir dans le travail, que je serai un élève brillant et que cette tempête dans mon cœur finira par se calmer... peut-être. Je ne vais plus au « Régent » le samedi. Ou plus rarement. Ça ne sert à rien. Il faut que j'oublie.

« L'oubli, c'est la mer sombre où l'on jette sa joie. »

Cela n'a jamais été aussi vrai pour moi.

Dijon – 18 octobre 1983

Cher Paul et Thierry,

Je vois, enfin plutôt je ne vois pas, que vos plumes sont si légères qu'elles n'effleurent même plus le papier.

Je prends donc la décision de vous écrire la première.

Je viens de me relire, c'est un peu confus et je suis certaine que Paul a déjà fait une remarque du style « et en plus elle ne sait pas écrire » !

Ici à Dijon, je m'emmerde (sorry pour les oreilles offusquées) les cours sont nombreux et rapides si bien que je suis difficilement.

Vous en serez quittes pour me donner un cours de maths sur les différentielles (merci d'avance). Je passerai donc te voir (Thierry) aux vacances de la Toussaint si tu le veux bien. Êtes-vous tous les deux dans la même chambre comme prévu ?

J'ai revendu en septembre ma 125 XT mais je me suis racheté il y a une semaine une 400XT. Oui je sais, je suis irrécupérable !

Êtes-vous à Amiens à la Toussaint ? Et que ferez-vous ?

Je vous embrasse et espère vous lire bientôt.

Isabelle

PS : Thierry je crois qu'il faudrait que l'on se parle un peu. Je sais j'aurais dû m'y prendre plus tôt, mais j'ai d'autres choses à dire maintenant.

Lille – 25 octobre 1983

Une vraie surprise ce courrier. Isabelle ne m'a donc pas tout à fait oublié. Ça tombe bien, parce que moi non plus. Même si j'ai fait beaucoup d'efforts pour essayer. Est-ce que nous sommes vraiment passés à côté l'un de l'autre, elle et moi ?

Je ne m'autorise pas à la juger, ce serait trop simple, c'est elle qui m'a écrit il y a quelque temps : « S'il y a vraiment quelque chose entre Isabelle et Thierry, ils se retrouveront... » Eh bien maintenant, on va voir et j'espère que c'est cela !

Amiens – 5 novembre 1983

Nous nous sommes donc revus. Pas facilement. Elle a pu me raconter ce qui s'est passé avant et pendant cet été : pourquoi elle n'est pas venue dans le sud – visiblement un veto familial, et qu'elle s'est découragée et, bien évidemment, sa rencontre avec son actuel mec.

Je ne sais pas ce que je suis là-dedans, si je suis le bon copain à qui on raconte tout ou s'il y a quelque chose de plus. J'espère que ce n'est pas fini. Mais j'essaie de garder la tête froide, ce qui me paraît impossible d'ailleurs.

Si je ne tenais pas à elle, je laisserais tomber et lui souhaiterais bonne chance. Ce serait plus simple pour moi et je retrouverais un peu le calme.

Donc aujourd'hui j'ai fait prof particulier de maths. Ce n'est pas vraiment une avancée majeure dans notre relation !

J'ai été avec elle une bonne partie de l'après-midi. Et ça, ça compte.

Amiens **– 5 novembre 1983.**

Cher Thierry,

Te voilà parti ! Je me retrouve devant mes mathématiques. Tout un programme, et pourtant (chose exceptionnelle) j'ai envie de m'y mettre et d'appliquer ce que tu as tenté de m'expliquer. Ça m'a fait très plaisir que tu viennes. Mais tu me parais toujours à un million de kilomètres et pourtant j'aimerais qu'il existe quelque chose entre nous. Une sorte de complicité, que je te comprenne avant même que tu ouvres la bouche. Enfin tout simplement j'aimerais te connaître mieux.

Je n'aime pas que tu m'appelles « mademoiselle » ... cela me donne l'impression que je suis une « mademoiselle » perdue dans la masse, que je ne te suis pas singulière, différente.

D'ailleurs je reviens à ce que j'ai dit précédemment.

Tu dois te dire que j'en veux des trucs ! Mais si l'on ne se fixe pas d'objectifs, on n'avance plus. Ce que je fais depuis juillet. Je crois même que je marchais à reculons !

Tu dois te dire aussi que j'arrive avec mes gros sabots et que c'est un peu facile, tu as raison. À ta place j'aurais pensé la même chose. Alors de ce côté-là je ne sais pas quoi te dire à part que j'admets que je me suis plantée... et j'espère que tu ne m'en tiendras pas trop rigueur.

Bon ce n'est pas le tout, j'écris, j'écris et mes maths attendent ! Thierry j'attends avec impatience que tu me répondes.

Je t'embrasse, Isa

10h00 – Dimanche.

J'ai déjà commencé à faire une « razzia » dans la maison, armoire à linge et surtout à provisions c'est bisque, je n'ai vraiment pas envie de partir. J'ai l'impression de partir en laissant derrière moi un tableau inachevé. Inachevé ? Que dis-je ! Il n'est même pas commencé. Nous n'avons posé que le chevalet et sorti les pinceaux, mais la toile reste terne ! Il y manque l'éclat de la couleur.

Mais tu as raison en fait. Il faut installer soigneusement le chevalet avant de déposer la toile afin que tout ne se casse pas la figure au premier coup de pinceau. Tu ne m'as pas dit grand-chose. Tu ne m'as pas dévoilé ce que tu en penses, tu ne m'as entretenue que de maths bon d'accord les maths c'est rigolo mais il ne faut pas voir que ça ...

Bon je crois que je vais te laisser là et attendre une réponse de ta part.

Si j'arrive à retrouver l'adresse de Baggio cette lettre partira d'Amiens.

Je pense à toi.

Lille – 10 novembre 1983

Isabelle,

Je ne peux plus écrire « Mon Isabelle ». Ça n'aurait pas de sens actuellement.

L'été dernier a été difficile pour toi. Je comprends, je n'ai pas été présent à tes côtés au moment nécessaire. Mais je ne savais pas si c'était encore ma place. J'aurais pu forcer le destin. Oui, j'aurais dû.

Nous en sommes là maintenant.

Tu n'es plus seule, et je le suis. Je suis désolé de n'avoir pas été à la hauteur de ce que tu attendais. Mais je ne sais toujours pas vraiment ce que tu attends.

Tu sais aussi que je suis coincé actuellement, que ma vie n'est pas drôle. Je ne fais rien d'autre qu'espérer qu'il se passe quelque chose qui nous permette de nous rapprocher de nouveau. Je ne veux pas forcer le destin, je veux respecter tes choix.

Alors en attendant, je travaille. Je n'ai plus que ça à faire pour que le temps passe plus vite. Et penser que cela me permettra d'être plus libre l'année scolaire prochaine pour peut-être te retrouver.

Je t'embrasse. Thierry

Et voilà pour ces vacances de la Toussaint.

Vu le temps que je passe à travailler pour éviter de trop penser à Isabelle, et de me faire des idées, je vais finir par être une bête à concours ! Je me réfugie là-dedans semaine et week-end. Il faut de toute manière que j'aie des concours à la fin de cette année scolaire autrement tout ce gâchis n'aura servi à rien. Et qui sait, je pourrai peut-être recommencer quelque chose avec Isabelle. Ce n'est pas moi qui la tiens dans mes bras. Ce n'est pas avec moi qu'elle fait l'amour. Ce n'est pas avec moi qu'elle partage ses rires.

Et pourtant, je n'arrive pas à tourner la page.

Je lui ai écrit « je t'aime » un jour et je mesure aujourd'hui combien c'est vrai !

Je vais attendre, il n'y a rien d'autre que je puisse faire. Même si tout cela ne donne rien, elle restera j'espère une vraie amie. L'amitié c'est aussi une forme d'amour.

Amiens – 2 janvier 1984

Nous nous sommes revus un samedi de novembre, puis une ou deux fois pendant ces vacances de Noël.

À chaque fois que nous prévoyons de passer un peu de temps ensemble, un imprévu vient tout chambouler. Comme si ça ne voulait pas fonctionner.

Je ne sais toujours pas quoi faire.

Isabelle n'a pas non plus tourné la page. Je pense qu'elle non plus ne sait pas comment faire. Comment se débrouiller avec deux histoires.

Bien sûr, je suis impatient, j'ai envie parfois de tout envoyer balader. Je n'arrive toujours pas à me détacher de notre histoire et à passer à autre chose. Pourtant j'essaie de me raisonner. Peine perdue, dès que je la revois ou que l'on passe dix minutes au téléphone je me rends compte que je ne peux pas me passer d'elle. Que ce soit comme petite amie, ou comme amie tout court. Et pour l'instant je ne sais pas où nous en sommes.

J'aimerais avoir un minimum de perspectives. Je ne sais pas si elle veut bien que l'on essaye de se retrouver.

Dijon – Dimanche 9 janvier

Cher Thierry,

Merci au mal de ventre, qui m'a évité de te voir de mauvaise humeur, car on ne se voit pas souvent, alors s'il faut en plus se quitter sur une mauvaise image... OK, on ne s'est pas vus souvent pendant les vacances de Noël mais je t'ai expliqué la raison.

On se rattrapera si tu le veux bien, pendant celles de février, et puis je serai dans le Nord durant 2 mois environ.

Et je ne commence mon stage que le 16 février ce qui me donnera le temps de souffler un peu.

Je viens de refaire le tour de ta lettre. Tu te demandes ce que j'ai dans la tête ? Je ne le sais pas trop.

Tu me demandes comment je vis à Dijon ? Mal, je ne m'y sens que de plus en plus mal. Je ne supporte plus cette vie exilée et ce rythme universitaire. C'est quand même con, semaine après semaine j'y consacre tout mon temps. J'arrive à saturation, je termine l'année sur une jambe et je ne veux plus en entendre parler, ou je trouve une formule, un but à tout ça, un dérivatif, que ça ne soit plus l'unique chose que je fasse. En fait, cette année je me sens mal ici alors puis-je apprécier l'IUT qui est la seule chose qui me retienne ici.

Ce que je veux, ce que je pense ?

C'est ne pas suivre une ligne toute tracée.

Ce que je te demande : c'est de ne pas me demander d'être « noire ou blanche » avant les grandes vacances.

Pour l'instant je suis dans une situation bizarroïde, et ça ne pourra pas durer, je le sais il faudra que tout ça change, mais je désire être sûre de la direction que je prendrai. Tu sais, à la fin de cette année scolaire, beaucoup de choses vont être bouleversées, et en premier mon cadre de vie ! Je ne sais pas ce que cette nouvelle bifurcation m'apportera ?

Nous rapprochera-t-elle ? Je l'espère.

Tu sais, ce que j'ai entrepris avec mon ami fait naufrage...

Mais j'ai l'impression qu'il ne réalise pas que l'on se trompe de direction. Mais je ne supporterais pas de lui balancer tout à la tête comme ça « Voilà, on s'est plantés ».

Je préfère attendre que le bateau coule, sombre de lui-même ! Et qu'une fois les pieds dans l'eau il réalise de lui-même.

Je n'aime pas ce genre de situation. Je ne sais pas dire à quelqu'un : voilà c'est fini. Peut-être ai-je tort. Tu en as déjà subi les conséquences (vacances dernières).

Mais tu es toujours là.

Et j'ai toujours envie de te connaître et j'espère qu'un de ces jours, on fera un bout d'essai... et qui sait !

Enfin, je n'ai pas le droit de te demander quoi que ce soit. Tu fais ce que tu veux et désires.

Je t'embrasse,

Isabelle

Lille, le 14 janvier 1984

C'est vraiment compliqué. Oui, je suis toujours là. Oui je n'ai pas perdu espoir. Quand je lui écrivais l'année dernière, ce n'étaient pas des mots en l'air. Si tout se passe correctement, je pourrai consacrer toute mon énergie dès cet été à reconstruire notre histoire, et je crois que c'est ce qu'elle attend aussi. Enfin, j'espère.

Dijon – 16 janvier 1984

Pauvre Thierry.

Pas moyen de te voir. Chaque fois quelque chose rate. Je suis une véritable tornade un peu malgré moi.

En ce qui concerne notre story, ne t'inquiète pas, si des modifications intervenaient, je t'en parlerais.

Je ne sais pas si tu remarques, mais on se fait assez confiance. Enfin personnellement je crois t'avoir dit des trucs pas si faciles à cracher !

Tu dois avoir du mal à saisir mon comportement. Mes réactions (celle au téléphone quand je t'ai appris ce qui allait se passer durant le stage). Tu sais je suis avec lui, mais rien n'est engagé, ni définitif, nous prenons tous les deux les choses ainsi. Alors tu comprends que je n'apprécie pas que ma mère s'ingère dans ces affaires-là. C'est la deuxième fois si tu te souviens ce qui s'est passé à Vence, elle croit certainement bien faire ! Elle ne comprend pas bien notre mentalité.

Ce stage, j'avais deux solutions. Ou je partais n'importe où en France dans un stage comprenant deux étudiants et cela avec lui. Ou je restais chez moi et j'en profitais pour souffler un peu et surtout être avec toi au maximum de ta disponibilité.

C'est cette solution que j'avais choisie. « Et boum ! »

Tu sais ma liberté est une chose qu'il ne faut pas trop chatouiller car mes réactions sont brusques.

L'année prochaine !

J'aimerais être une petite souris et aller y voir de plus près.

Ma confiance tu l'as, et depuis très longtemps.

Mon sourire tu l'as, mais de là où tu es et où je suis tu ne peux pas le voir.

Mon amitié ça fait aussi un bout de temps que je te l'ai donnée. Ça remonte au lycée. Je me souviens qu'en fin d'année de terminale je te cherchais plus ou moins. Je t'avais demandé de m'attendre un soir, tu n'y étais pas.

En fait ça fait très longtemps que l'on se cherche, que l'on se croise quand j'y repense ça me fait sourire...

Mon amour !? Voilà le hic. Je ne sais pas trop où il est, et « s'il est » tout simplement, c'est pour cela que je *voudrais essayer avec toi, peut-être qu'il se dévoilera sur ton sourire ?*

Et actuellement, vas-tu me demander. Je ne sais pas... ce n'est pas ce que j'espérais.

Ce que j'espérais ? L'amour que j'ai eu la chance de vivre à 18 ans, qui s'est envolé et que je n'ai pas retrouvé. Pour moi c'est une base de comparaison, et si je ne retrouve pas cela ce n'est pas la peine, je serai certainement déçue alors j'espère et j'attends.

Je t'embrasse, Isa (j'ai hâte de te lire)

Lille – 17 janvier 1984

C'est mon anniversaire aujourd'hui… Elle m'a passé un coup de fil pour l'occasion.

Au fur et à mesure que le temps passe, je me résigne à la fin de notre histoire.

Ces deux mois à proximité l'un de l'autre, c'était une peu une dernière chance de nous comprendre et de reprendre l'histoire où on l'avait laissée.

Je suis patient. Je ne vis pas bien le fait qu'elle partage sa vie avec quelqu'un. Mais j'ai décidé de passer au-delà de cela, si cela nous donne la possibilité par la suite d'essayer quelque chose ensemble.

C'est comme cela que je conjugue le verbe aimer en ce moment. Mais je ne sais pas si c'est du passé, du présent ou du futur.

Lille – 20 janvier 1984

Bon voilà encore quelque chose de raté.

Elle m'a annoncé au téléphone qu'elle n'a pas eu de stage dans le Nord, donc la perspective de se retrouver un peu tombe à l'eau. J'avais nourri trop d'espoir.

Nous n'avons aucune chance de nous rapprocher dans ces conditions. À quoi cela sert-il de s'écrire tout cela ? Est-ce que je perds mon temps à essayer d'imaginer que cela pourrait fonctionner ?

Pourtant, je sais que nous devons nous retrouver. Elle a raison, cela fait déjà longtemps que l'on essaye. Ça fait aussi longtemps que tout part en vrille chaque fois que nous avons l'espoir d'y arriver.

Dijon – 26 janvier 1984

Thierry, Thierry, j'ai plein de choses à dire.

Prie le Bon Dieu (il y en a un puisque je suis encore parmi le monde des vivants, merci Dieu) pour réussir les Arts et Métiers à Lille.

Car moi j'ai une idée géniale pour venir à Lille faire une spécialisation qui me brancherait. Mais je ne sais pas si cette direction est possible. Je vais y jeter toutes mes cartes. J'aimerais repasser en seconde année en DUT Biologie appliquée, option agro-alimentaire ainsi je serais spécialisée dans la fabrication, et le produit fini. De plus je n'aurais plus qu'un an à faire. Tu sais, c'est pratiquement ma seule chance de revenir à Amiens.

Quand je serai à Amiens (bientôt enfin car je n'en peux plus) je monterai à Lille un samedi ou en semaine si j'obtiens une dérogation de mon chef de stage pour tâter le terrain. J'aimerais que tu sois avec moi !

Pour ces vacances de février, je ne serai pas là car je pars dans les Vosges me refaire une petite santé avec la famille de mon chef de département.

Je suis désolée car tu me manques...

Thierry, ne parle pas de dernière chance, ça me fait flipper.

J'aimerais tant passer ces vacances avec toi.

Je continue à lire ta lettre. Je t'avais écrit pour t'expliquer, mais je n'ai pas envoyé ces courriers. Dans une d'elles je t'expliquais qu'il ne fallait pas me brusquer. Je cours, toujours et encore et à un moment j'en aurai assez de courir et je viendrai me reposer sous ton aile.

Concernant tes parents je n'ai pas la cote très haut... d'accord « m'en fous » de ce que les autres pensent de moi, ça ne m'empêche pas d'avancer, cependant cela pourrait me gêner si nous devions continuer notre aventure ensemble. J'espère qu'ils changeraient d'avis.

Ah, oui, je voulais te dire Thierry j'ai vraiment apprécié le jour du restaurant tu as été très différent du garçon que je connaissais, moins réservé, plus tendre, j'avais vraiment envie de te dire quelque chose, mais je ne pouvais pas dans les circonstances actuelles. C'est pourquoi je me contente de me le dire dans ma tête.

J'ai besoin de savoir, de te connaître et de te sentir plus près. Si jamais on est ensemble à Lille, on pourrait peut-être envisager d'habiter ensemble. Qu'en penses-tu ? Moi ça me tenterait.

Thierry l'heure tourne, je t'embrasse et je pense aussi beaucoup à toi.

PS : n'écris plus au à la Résidence Universitaire, j'ai largué ma chambre car j'en ai marre de l'ambiance qui règne dans cette cité et à la fin du stage je prendrai une piaule.

Lille – Février 1984

Je ne sais même plus où écrire…

Je ne sais même plus comment faire pour la contacter. Et je ne veux pas passer par sa maman ou sa famille, qui connaissent déjà son compagnon actuel dont j'imagine qu'il devait être présent lors de son accident de l'été dernier. Et que moi je ne représente rien pour elles. Sauf le gars pour lequel elle a essayé de partir en vacances à Nice l'année dernière.

Il reste trois mois avant le début des concours. Je vais m'accrocher à cette perspective et être ainsi capable d'envisager la solution qu'elle propose.

Je ne sais pas si cette fois-ci sera la bonne, mais je veux bien tout faire pour rendre cela possible. On ne va pas se voir pendant je ne sais pas combien de temps.

Elle va rester avec son mec durant tout ce temps.

Je vais rester tout seul à essayer de préparer la suite. Si suite il peut y avoir. Mais je ne lâcherai pas : « Tu es responsable de ta rose. »

L'année dernière ce n'était pas un hasard, c'était notre rendez-vous. Et je compte bien aller jusqu'au bout de ce rendez-vous.

Vacances de printemps 1984

Fin de ces deux semaines de « vacances »...

Les épreuves écrites des concours commencent dans deux semaines. D'abord celui de l'École Normale Supérieure de Cachan, puis une semaine après le concours commun des Grandes Écoles d'Ingénieurs.

Les épreuves orales auront lieu fin juin, en cas d'admissibilité après les écrits. Ce sera l'étape finale. L'oral est aussi éliminatoire pour toute note inférieure à dix dans chacune des matières présentées. Les statistiques de notre prépa sont globalement une ou deux admissions pour Normale Sup et environ dix admissions aux Arts et Métiers par an. C'est donc pas gagné.

J'ai passé deux semaines à réviser à fond les deux années de prépa toutes matières confondues. Lever 7h, révisions de 8h à midi, pause déjeuner, reprise à 14h, repas à 19h, et reprise à 20h jusqu'à 23h. Chaque jour.

C'est la dernière ligne droite, et de toute manière si je veux reprendre une histoire avec elle, il faut que ça fonctionne.

C'est tout ce que je peux faire, alors allons-y !

Lundi 9 avril 1984

Aujourd'hui Isabelle est passée par surprise à la maison. Elle a bientôt fini son stage. Elle n'est pas restée très longtemps, juste le temps de saluer rapidement mes parents, puis nous sommes sortis faire quelques pas dans la rue pour discuter. Nous nous sommes posés sur un petit coin de pelouse, non loin de là. Elle venait me dire qu'elle allait prendre un logement avec son ami de Dijon et que notre histoire cette fois-ci devait s'arrêter pour de bon. Qu'elle ne pouvait pas rester comme cela avec deux relations en parallèle. Que c'était son choix, qu'elle était désolée d'avoir tant tardé à choisir vraiment.

Voilà c'était donc vraiment fini.

Nous nous sommes fait la bise.

Elle est repartie à moto.

Elle est toujours aussi jolie.

Quoi dire ?

Quoi penser ?

Je suis rentré à la maison.

Je suis monté dans ma chambre travailler...

Amiens – 12 mai 1984

J'ai eu un coup de fil de Xavier ce samedi. Il a croisé Isabelle et il devait me dire qu'elle voulait absolument me voir samedi prochain. Qu'elle n'avait pas voulu m'appeler directement et donc qu'il avait la charge de commission...

Je ne sais pas ce que cela veut dire ? Je préfère ne pas me poser de questions. Ce week-end c'est break entre deux semaines de concours, donc on oublie ça !

74

Amiens – 18 mai 1984 – 18h00

Retour chez les parents après ces semaines intensives de concours à ne pas rater.

On se voit samedi, c'est-à-dire demain. Après plus d'un mois de silence radio ?

« Allô, c'est Xavier. Pas facile à dire, mais Isabelle a eu un accident à moto en rentrant hier de Dijon. Elle est morte… sur le coup. »

Un Temesta pour dormir.

Et plus de souvenirs…

Qu'ai-je fait les mois suivants ? Je ne sais plus vraiment.

Mai 2024

Il y a quelques jours, j'étais déjà venu jusque-là en fin d'après-midi. Je m'étais arrêté et garé pas très loin de la boutique du fleuriste qui se trouvait à l'angle de la rue, juste en face de l'entrée. Une jolie devanture, avec un beau choix de fleurs coupées. J'ai toujours trouvé que la pivoine est la plus jolie fleur de printemps. Sans plus réfléchir, j'en ai pris une brassée pour les lui apporter. De belles fleurs odorantes blanches et roses.

Avançant vers l'entrée, j'eus l'intuition que ce n'était pas le moment de notre rendez-vous et qu'en plus, cette brassée de fleurs n'aurait pas sa place là-bas. C'était trop tôt et je n'étais pas encore prêt pour aller la voir. Alors, que faire de ce beau bouquet printanier ?

Je regardai sur mon portable où je pouvais porter ces fleurs à proximité : un EHPAD, un hôpital… De plus, j'aurais le sentiment d'avoir fait une bonne action. À deux minutes en voiture, Google indiquait qu'il existait un monastère du Carmel de la ville, avec une chapelle décrite comme jolie et paisible. Allons-y pour la chapelle, pourquoi pas ? Si ces fleurs pouvaient participer à la beauté du lieu… Une chapelle… au milieu d'un parc arboré et paisible. Architecture moderne, murs blancs…

Il faisait doux, le silence était rassurant, un cocon tout à coup hors du monde derrière les hauts murs qui délimitaient l'entrée, la lumière était belle. Je poussai la lourde porte en bois clair. Je déposai comme une offrande mon bouquet au bas d'un joli vitrail représentant la Vierge Marie. Et je m'assis sur un des bancs disposés en demi-lune autour du chœur…

« Je vous salue Marie, pleine de grâce
Le Seigneur est avec vous
Vous êtes bénie entre toutes les femmes

Et Jésus, le fruit de vos entrailles, est béni.

Sainte Marie, Mère de Dieu

Priez pour nous, pauvres pécheurs

Maintenant et à l'heure de notre mort. »

Cette prière m'est revenue spontanément.

L'émotion de se retrouver était trop forte. Je lui ai dit ce que j'aurais dû dire il y a bien longtemps maintenant.

J'ai laissé couler mes larmes. Une sensation étrange de mélancolie mais aussi de joie d'être là si proche.

Ces instants, je les ai attendus et redoutés depuis tant d'années.

Puis la lumière vive de l'extérieur a illuminé la salle. Une dame est entrée et s'est assise un peu plus loin derrière mon banc. Le charme était rompu, nous n'étions plus seuls.

Je suis ressorti et j'ai marché un peu dans le petit parc baigné de soleil.

C'était une belle journée.

Comment rattraper ce qui n'a pas été ? À qui dire les mots qui ont manqué ?

Ce samedi de mai, c'est presque une journée d'été. Le soleil est généreux, il fait presque chaud, la nature resplendit. J'ai un rendez-vous. Un rendez-vous qui attend depuis très, trop longtemps. J'ai fait attention : pour l'occasion, je porte une veste et une chemise claire sur un chino bleu marine. Il faut s'habiller pour une nouvelle rencontre.

J'arrive à proximité de l'église grâce au GPS. La petite place ne me rappelle pas grand-chose, pourtant cela devrait me revenir en mémoire. Les cloches sonnent. C'est l'appel aux paroissiens… que je vois peu nombreux arriver. Je crains de me retrouver seul ou à peu près seul dans une vieille église sombre et glaciale.

Mais qu'est-ce que je fais là ? Tant pis, les jeux sont faits, ce n'est plus maintenant que je peux faire demi-tour. Je l'ai déjà peut-être trop fait par le passé.

Je m'avance. La porte ouverte laisse échapper une sympathique cacophonie. J'entre à pas comptés. Je ne me rappelais pas que cette église était si jolie. Le chœur est baigné de lumière, une chorale est présente avec quelques participants et quelques musiciens qui répètent avant l'office. Une guitare, quelques cuivres, un synthé, une troupe joyeuse et colorée va donc égayer cette messe.

C'est un beau cadeau.

L'idée m'est venue il y a quelques années déjà. J'avais le sentiment qu'il fallait faire quelque chose qui nous rapproche, après tout ce temps passé à essayer d'oublier avec application. Il fallait maintenant relire l'histoire et raccommoder le passé. Je suis fâché avec le Bon Dieu, mais je me suis souvenu de nos discussions sur la religion, le mariage, Dieu et de sa confiance dans la foi. C'était donc comme cela que nous pourrions peut-être nous retrouver dans le partage commun d'une prière, et que je pourrais lui dire que je n'avais rien oublié.

En février dernier, je suis donc passé à Amiens pour organiser ce rendez-vous. Ensuite, j'ai contacté des amis de l'époque et essayé de retrouver ses sœurs. Des recherches sur Facebook, quelques échanges de mails mais tout le monde est loin maintenant. Une amie du collège a été très concernée. Même si elles avaient partagé peu de temps ensemble, elles étaient restées en lien ensuite et s'écrivaient très régulièrement. Elle avait même échangé des lettres avec Isabelle lui racontant notre histoire. Ce fut grâce à elle que ses sœurs ont pu être contactées. C'était important de leur demander leur avis et de ne blesser personne avec cet hommage.

Chacune trouvait que l'idée était belle, même si globalement la page était tournée.

Quelques semaines plus tard, j'ai eu l'occasion de déjeuner à Paris avec Xavier, que j'avais retrouvé grâce à LinkedIn et que je n'avais pas vu depuis tout ce temps. On n'a presque pas changé : moins de cheveux pour moi, quelques kilos de plus pour lui. On s'est raconté nos vies, avec la promesse de se revoir avant 40 ans.

J'ai également fait paraître un avis dans la presse régionale, dans la région et en Meurthe-et-Moselle. On ne sait jamais, si certains de ses amis voulaient s'associer à ce moment. J'ai au moins essayé de passer le message.

Pour moi, la période de mai est généralement difficile et chargée d'émotion, même si je donne le change pour tout mon entourage. J'ai eu beau essayer de tourner la page, d'oublier, d'essayer d'accepter pendant des années… je n'y suis jamais parvenu.

J'ai fait un rêve récurrent pendant des années : je me promène seul dans une avenue avec des platanes de chaque côté, ou un sous-bois, cela dépend, sous la frondaison un beau jour de printemps. J'aperçois au loin une brunette qui me rappelle quelqu'un, je presse le pas pour m'approcher. Elle se retourne. Et c'est Elle. On se tombe dans les bras… et je me réveille au milieu de la nuit, en sueur et parfois les larmes aux yeux.

Je ne peux m'empêcher de penser que si j'avais agi différemment à l'été 1983, si j'étais allé la voir à l'hôpital, si j'avais défié mes parents, si j'avais pu prouver mon engagement, mon amour, l'histoire aurait été différente.

Elle était impatiente, trop certainement par rapport à ce que je pouvais lui apporter à l'époque. J'avais 18 ans. Je ne savais pas comment me débrouiller entre cette histoire d'amour, ce sentiment nouveau, la froide rigueur de mes parents et mes études qui prenaient beaucoup, beaucoup trop de place. Peut-être aurions-nous pu nous retrouver, notre histoire aurait pu se poursuivre et elle n'aurait pas pris cette route en mai 1984.

Si elle n'avait pas eu cet accident fatal, je pense que nous aurions réussi à faire un vrai bout de chemin ensemble. Je ne sais pas si cela aurait finalement fonctionné, mais au moins nous aurions eu notre chance. Nous avions déjà prévu de rester amis, c'était peu mais beaucoup.

L'histoire qu'elle vivait en même temps avec ce nouveau compagnon ne changeait rien à mes yeux même si ce n'était forcément pas très facile d'admettre qu'elle était dans les bras d'un autre. Mais je considérais que je n'y étais pas pour rien. Et ça ne changeait pas mes sentiments pour elle, elle pouvait revenir à tout moment, mes bras et mon cœur restaient disponibles. Si elle n'était pas partie brutalement, j'aurais eu le temps et l'énergie pour la reconquérir après mes années de prépa, je ne suis pas de ceux qui laissent tomber si facilement et quand elle aurait eu besoin de moi à un moment j'aurais pu être là.

Ces deux cœurs immenses qui s'étaient trouvés ne pouvaient pas durablement être séparés.

Je me sens indirectement responsable de la suite du destin d'Isabelle. La rencontre et le bout de route que nous avons fait tous les deux, même si tout cela a été imparfait et chaotique, m'ont appris ce qu'était l'amour. C'est un fabuleux cadeau.

Cette fille était charismatique, joyeuse. Jolie brunette en jean-baskets, passionnée de moto, sensible, libre, romantique et douce.

Je l'ai aimée.

Qui s'en souvient 40 ans après ?

Qui se souvient d'Isabelle ? Sa famille bien sûr, pour laquelle la peine doit rester immense. Le compagnon qui l'a accompagnée pendant cette année où je n'ai pas su être là. Et après ? Je n'ai rencontré personne à la messe d'hommage.

Quoi qu'il en soit, l'amour que nous avons partagé reste plus fort que la mort ou l'oubli.

Je voulais aussi écrire tout cela pour qu'il en reste quelque chose. Afin que l'on sache que tout cela a compté, que cette existence si courte a été aussi une existence de passion et d'amour. Que j'ai eu la chance d'en faire partie.

Saint-Malo – Mai 2024

Je me souviens parfaitement du 18 mai 1984, c'était un vendredi.

Je rentrais chez mes parents, je venais de finir les écrits des concours.

Elle s'était tuée à moto la veille en revenant de Dijon. Sur une petite route bordée de forêt entre Toul et Verdun.

On devait se voir le lendemain après-midi. Je ne saurai jamais pourquoi.

Je suis allé à son enterrement le mercredi suivant.

La jeune fille que j'aimais avait disparu.

Un mois après, j'ai été reçu à tous mes concours, la belle affaire… Après j'ai un black-out de 6 mois. J'ai quasiment rompu avec mes parents qui n'avaient rien compris et je ne leur ai jamais pardonné d'avoir méprisé cette histoire d'amour naissante.

J'ai quitté Amiens, puis le Nord et j'ai eu la chance de trouver un nouvel amour, avec qui j'ai fait ma vie.

J'ai refusé de céder à la tristesse paresseuse, à la mélancolie permanente. Mais je n'ai jamais pu oublier complétement.

Isabelle a changé ma vie. J'ai mis 25 ans avant d'accepter qu'elle soit définitivement partie, quand j'ai osé aller voir la tombe où son nom est gravé.

Quarante ans après, je garde de tout cela un profond sentiment d'injustice. Et une colère sourde. Le destin ne nous a laissé aucune chance.

Le temps n'y change rien.

Je n'ai jamais réussi à tourner la page tout à fait.

Je ne me suis jamais pardonné de n'avoir pas su lui montrer combien je tenais à elle en cet été 1983.

Cela m'a changé profondément et a fait grandir bien vite le jeune homme de dix-huit, dix-neuf ans. J'ai appris à montrer à ceux que j'aime que je les aime.
Ce fut un merveilleux cadeau de faire ce bout de route avec elle et j'aime à croire qu'elle est un peu mon ange gardien.

Bien sûr que l'on m'a dit de laisser les morts en paix, on m'a expliqué que les souvenirs doivent être dissociés des émotions, qu'il y a une courbe de deuil, que c'est normal mais que ça va passer... et tout le baratin.

Mais ce n'est pas vrai. Ce sont des histoires qu'on se raconte et que l'on nous raconte pour nous rassurer.

Je ne veux pas perdre cette émotion, je ne veux pas ranger cela dans la malle aux souvenirs, comme les dernières vacances ou ma première communion.

Il faut réussir en revanche, continuer à vivre avec cette émotion infinie, qui parfois submerge tout. Mais je n'ai pas le droit de baisser les bras, c'est elle qui est partie, c'est à moi de continuer la route. Elle n'aurait pas voulu que je reste à me lamenter, ce n'était pas son genre. Ce n'est pas le mien non plus.

J'ai donc construit ma vie. J'ai retrouvé l'amour et j'ai décidé que celui-là je ne le laisserais pas passer.

Et j'espère que lorsque ma dernière heure sera venue, c'est elle qui viendra m'accueillir de l'autre côté.

L'Amour ne jalouse pas,
Il ne s'emporte pas,
Il n'entretient pas de rancune,
Il supporte tout, il fait confiance en tout,
Il espère tout, il endure tout.
L'Amour ne passera jamais.